Das unbedachte Benutzen eines ungewöhnlichen Aufzugs

Das unbedachte Benutzen eines ungewöhnlichen Aufzugs

Eine Erzählung von Matthias Houben

www.litbit.de

E-Mail: matthias.houben@mscode.de

Bibliografische Information der Deutschen Nationalbibliothek:
Die Deutsche Nationalbibliothek verzeichnet diese Publikation in der Deutschen Nationalbibliografie; detaillierte bibliografische Daten sind im Internet über http://dnb.dnb.de abrufbar.

© 2016 Matthias Houben

Herstellung und Verlag: BoD – Books on Demand, Norderstedt

ISBN: 978-3-7412-8067-2

Inhalt

Bevor die Geschichte beginnt 1
Das unbedachte Benutzen eines
ungewöhnlichen Fahrstuhls 8
Sand, Wind und Meer und eine einsame Palme
.... 18
Dschungelfieber.. 26
Jeder lebt in seiner eigenen Welt 35
Nichts 42
Vom Nachgeben einer inneren Stimme 46
Der Autor und seine weiteren
Veröffentlichungen 50

Bevor die Geschichte beginnt

»Es ist für mich nicht wichtig, ob die Geschichte, die du erzählst, wirklich wahr ist.«

»Wir müssen von Zeit zu Zeit eine Rast einlegen und warten, bis unsere Seelen uns wieder eingeholt haben.«

»Kein Mensch beginnt zu sein, bevor er nicht seine Vision empfangen hat.«

Das unbedachte Benutzen eines ungewöhnlichen Fahrstuhls

Unkonzentriert, mag sein. Mit den Gedanken irgendwo unterwegs. Dabei mit Freude zur Kenntnis nehmend, dass in diesen Fahrstuhl kein Verschwitzter außer mir einsteigen wird. Heraus aus der schwülen Spätsommer Hitze, die bis in die große Halle vordringt und sich dort ohne einen einzigen Windhauch wie ein nasswarmes Tuch über alles ausbreitet, mit einem schnellen und entschlossenen Schritt hinein in das kühle Metallgefährt. Wirklich allein und geruchsbefreit, als die Tür sich hinter mir mit einem leisen Surren schließt.

Ich drehe mich um und nehme verdutzt zur Kenntnis, dass sich an der rechten Wand keine Tafel mit den sonst üblichen Auswahlknöpfen befindet. Wende mich nach links und starre entgeistert auf die ebenso leere, silberne Wand. Mein Magen macht einen großen Hüpfer, die Waden spannen sich an, als der Aufzug mit nicht erwarteter Gewalt seine Fahrt aufnimmt. Ich stütze mich mit der rechten Hand an der Wand ab, finde das Gleichgewicht wieder, aber nur körperlich. Meine Finger streichen über kühles, fein riefiges Metall, welches leicht vibriert, als würde es mich vor dahinter tosenden Maschinengewalten beschützen. Ich schau nach vorn auf die silberne Tür, mein Blick geht nach oben, sucht vergeblich die Anzeige für unser Vorangleiten. Das eben noch leise Surren hat sich verstärkt, wird lauter und unangenehm, dröhnt im Kopf und nimmt vom ganzen Körper Besitz. Ich komme mir vor wie die menschliche Kanonenkugel, die gleich in die Manege geschossen wird. Mein Magen und das Knacken in den Ohren sagen mir, das wir an Höhe gewinnen. An beachtlicher Höhe in wahnsinniger Geschwindigkeit.

Dabei habe ich noch nicht einmal gewählt, wohin es gehen soll!

In der kühlen Metallkammer beginnt mein Schweiß auf Stirn und Rücken zu gefrieren, die Haare auf den Armen stellen sich auf, ein leichtes Zittern meines Körpers lässt sich nicht mehr unterdrücken. Ich höre meinen Atem, schwanke kurz von links nach rechts und muss mich hinhocken, sinke auf die Knie. Zum Glück bin ich allein, wenn ich jetzt alles vollkotze. Aber der Magen beruhigt sich unerwartet und der Schwindel lässt nach. Ich richte mich vorsichtig auf und vermeide dabei die Wände zu berühren. Vor mir die Tür scheint ihre Farbe zu verändern. Was vorher noch einheitlich silbern schimmerte, zeigt jetzt vorbeiflitzende graue Konturen.

Schwarze Punkte und Schlieren vor den Augen kurz vor einem Kreislaufkollaps?

Nein, die Tür verändert sich wirklich, wird

durchsichtig und gibt den Blick frei auf die grau finstere Röhre, durch die wir hindurchgeschossen werden. Ich bin froh über die dezente Beleuchtung im Fahrstuhl.

Dann wird es plötzlich heller, ein Ruck lässt alles zum Stillstand kommen. Ich schließe geblendet die Augen und spüre, dass wir anhalten. Anhalten, was für ein Wort, wie aus fernen Zeiten. Hätte es mich jetzt durch die Decke geschleudert, ich wäre nicht verwundert gewesen. Wer auch immer dieses Ding entworfen hat, war von deutlich unsensibler Natur. Eine angenehm dunkle Stimme sagt etwas, das ich nicht verstehe. Fehlt nur noch die unvermeidliche Kaufhaus Musik.

»Dritter Stock. Herrenabteilung«

Wahrscheinlich wurde das nicht gesagt, klang aber fast so. Ich öffne die Augen und sehe Grün. Trete vorsichtig einen Schritt vor und pralle sofort zurück. Der Erbauer war offenbar auch noch absolut schwindelfrei. Vor mir und unter mir breitet sich eine hügelige Farnlandschaft aus, auf die ich aus irrer Höhe hinabsehe. Ich bewege mich vorsichtshalber noch einen Schritt nach hinten, das geöffnete Tor will mich hinaus saugen.

Grüne Farnbäume, soweit ich sehen kann, erstrecken sich bis zum Horizont. Ich nehme einen mir unbekannten Geruch wahr, feucht und satt, aber auch warm. Höre aber nichts, wirklich gar nichts, nur meinen eigenen Pulsschlag in den Ohren, die jetzt nicht mehr Knacken. Ich halte mir die Nase zu und versuche zu Schlucken, höre aber dennoch nichts. Atemberaubende Stille sagt man so vor sich hin, hier trifft es wirklich zu. Trias oder Kreidezeit schwirrt es mir durch den Kopf. Zeitmaschinenaufzugbenutzung. Ich muss laut lachen und es klingt hysterisch. Was um alles in der Welt erwartet man von mir? Dass ich jetzt nach vorne trete und hinabschwebe?

Ich bleibe standhaft stehen, bewege mich keinen Millimeter und versuche tief und bewusst zu atmen. Jetzt nur nicht die Nerven verlieren. Keine falsche Reaktion zeigen, die fehlinterpretiert werden könnte. Die Frage bleibt, von wem interpretiert.

Meine Augen suchen die Landschaft ab nach irgendetwas, das sich bewegt, sei es Mensch oder Tier. Aber ich bemerke nichts, sehe nur hinein in diese Urlandschaft, die ich schon auf Computerzeichnungen sah. Vielleicht sollte ich jetzt ausrufen: »Toll, vielen Dank, wirklich beeindruckend.« Aber ich schweige lieber und warte ab, ob etwas geschieht. Zumindest friere ich mittlerweile nicht mehr, da die warme Luft von draußen den Fahrstuhl aufheizt. Denke einen kurzen Moment an riesige Insekten aus der Urzeit, die hineinfliegen könnten und bin erleichtert, als die Türe sich schließt und wir davon schnellen.

Zu meiner Überraschung bleibt die Tür

durchsichtig. Hinter ihr fliegt die Urlandschaft weg, macht einem Einheitsgrau Platz, dessen verwaschene Schlieren allein mir schon zeigen könnten, wie schnell wir nach oben fliegen, wenn nicht ohnehin mein enormes Körpergewicht darauf hindeuten würde. Ich fühle mich Zentimeter um Zentimeter geschrumpft und halte mich mühsam aufrecht, zwar mehr und mehr gebeugt, aber dennoch trotzig irgendwie gerade. Mein Atem geht stoßweise, es wird anstrengend so stehen zu bleiben. Die Schultern werden nach unten gedrückt, der Kopf wiegt Tonnen, die Gelenke scheinen zu knacken, die Muskeln zu versagen. Ich will protestieren, bekomme jedoch kein Wort heraus gepresst. Vor meinen Augen, die ich krampfhaft offen halte, fliegen Landschaften vorbei, die ich nur kurz erkennen kann, bevor sie wieder vom Einheitsgrau verschluckt werden.

Weitflächige Industriekomplexe mit

rauchenden Schloten in gelblich schwabbernder Luft. Es schmeckt nach Abgasen und ranzigem Fett. Achtzehntes Jahrhundert oder schon Industrielle Revolution?

Kilometerweite Hochhauspanoramen. Stickig und hitzeflirrend, Geräusche eines Bienenschwarms. Später Städtebau mit Megastädten?

Karge, braune und menschenleere Landschaften. Kalt und kühl, ohne jeglichen Geruch, weit verwehte Staubschwaden. Nach Industrielle Revolution oder Verbrauch aller Ressourcen?

Gewaltige Gewitterfronten vor rotschimmernden Vulkanausbrüchen. Es schmeckt nach Schwefel und Ozon. Die Natur schlägt zurück?

Ich beginne zu überprüfen, was ich heute gegessen, getrunken und geraucht habe, finde aber keinen Verursacher für meine

Halluzinationen.

Und dann wird gestoppt. Ich rutsche auf die Knie, sehen den Boden auf mich zukommen, stütze mich mit beiden Händen ab. Es gelingt mir, meine Nase zentimetergenau vor dem Aufschlagen zu retten, und höhre mich empört keuchen.

»Verdammte Scheiße« ist das Einzige, was ich herauspressen kann.

Ich knie erschöpft und vorgebeugt auf dem Boden und weigere mich nach vorn und damit nach draußen zu sehen. Spüre einen leichten Windhauch, der von vorn über meinen gebeugten Körper streicht. Er zieht mich nach vorn, als wolle er mich auffordern, nach draußen zu gehen. Fehlt nur noch, dass die Wände beginnen zusammen zu rücken und mich nach draußen schieben.

Ich warte einfach ab und denke mir »mit mir nicht«.

Dann bewege ich mich auf Knien rutschend

langsam zurück, bis ich mit den Füßen gegen die rückwärtige Wand stoße. Das gibt irgendwie Sicherheit.

Erinnert alles an Vogel Strauß Politik, aber hilft und beruhigt ungemein. Es geht nichts über trotzige Ignoranz.

Und wirklich, das Ding setzt sich wieder in Bewegung, wohin auch immer.

Sand, Wind und Meer und eine einsame Palme

Sand im Mund, auf der Seite liegend, die Finger der rechten Hand auf dem heißen Boden, die der linken im feucht kühlen Sand vergraben. Mein Rücken schmerzt, als hätte mich jemand getreten, hinaus aus dem Fahrstuhl, herauf auf den Strand. Wenn ich die Augen öffne, sehe ich helle Sandkörner vor mir, die wegrieseln, vom leichten Wind aufgescheucht. Wenn ich die Augen wieder schließe, höre ich deutlicher die Brandung. Wellen klatschen an den Sandstrand, weit entfernt hinter meinem Rücken. Ich sehe meinen unförmigen Schatten, wie ich da liege, einem angeschwemmten Tier gleich. Was aber nicht stimmt. Man hat mich aus dem Aufzug gestoßen, mit aller Macht. Ich erinnere mich, wie ich mich verzweifelt an etwas festhalten will, spüre den Stoß noch einmal, der mich herausrollt. Empfinde noch einmal die Panik, als ich glaube herabzustürzen. Was aber nicht geschieht. Ich pralle auf den harten Sandboden, rolle zur Seite, bleibe empört liegen und spucke Sand aus. Ekelig, so da zu liegen, das Gesicht halb im Sand vergraben, Speichel, der aus dem Mundwinkel läuft, Sand in den Augen, Sand in den Haaren, Sand in der Nase. Der Wind ändert seine Richtung und schmirgelt mir hämisch Sandkörner ins Gesicht.

Es wird Zeit sich aufzurichten. Mühsam auf die Knie kommend sehe ich eine einzelne Palme vor mir auf dem weiten Strand. Vom Wind schief auf eine Seite gedrückt, mit sieben Blättern. Meine Finger sinken ein, und ich beschließe, mich endgültig aufzurichten. Jemand hat mir meine Schuhe geklaut. Ich stehe barfuß auf der heißen Fläche und verlagere mein Gewicht vom linken auf den rechten Fuß und wieder zurück. Was nicht wirklich hilft. Bewege mich unentschlossen hin und her, kann mich nicht entscheiden. Zur Palme in ihren dürftigen Schatten oder ans Wasser, um die Füße zu kühlen? Das Meer gewinnt und ich trabe los, spucke energisch aus, reibe mir die Augen, huste kurz und lasse mich in die kräuselnden Wellen sinken. Angenehm kühl.

Ich wasche mir hastig das Gesicht und sehe gar nichts mehr vom Meer. Es brennt wie Feuer, Sand verrieben mit Salzwasser, verdrängt von Tränen. Eine verschwommene blaue grüne Masse vor weißen Wolkenschlieren. Erst jetzt bemerke ich meinen Durst, die ausgetrocknete Kehle, den trockenen Mund. Lippen aus Pergamentpapier. Ich versuche, mich zu erinnern, wie lange ich in der brennenden Sonne gelegen habe, aber mir fehlt jeder Anhaltspunkt. Meine Uhr ist auch weg. Nur ein schmaler heller Hautstreifen verrät mir, dass ich eine besaß. Für eine weitere Panikattacke fehlt mir aber die Kraft.

Hinter mir das Meer mit seinen sanft anrollenden Wellen, die mit kleiner weißer Schaumkrone an den Strand rollen und sich sofort wieder zurückziehen, als würde es ihnen auf dem Sand zu heiß. Vor mir die ein wenig gebogene weite Fläche mit der einzelnen Palme auf der Anhöhe, hinter der ich wieder Meer entdecke. Sonst nichts, Sand, Wind und Meer und eine einsame Palme.

Reduziert auf ein wenig Nichts. Ich muss lachen. Klingt heiser und verschwindet ohne Echo. Was würden sie auf eine einsame Insel mitnehmen? Jeder denkt zuerst an Personen, oder Bücher, etwas zu trinken und zu essen wäre die richtige Entscheidung. Diese Wahl hat man mir nicht gelassen.

Ich gehe langsam und leicht schwankend, da meine nackten Füße im Sand versinken, auf die Palme zu. Hemd und Hose kleben nass am

Körper, verreiben bei jedem Schritt Sandkörner auf der Haut. Was zunächst erfrischend wirkte, wird jetzt zur Qual, alles klebt und schmirgelt an mir herum. Sonne und Wind tun ein Übriges, ein heißer Föhn, der mir ins Gesicht bläst und die Schweißtropfen auf der Haut salzig fest friert. Ich rieche Harz und Blumenduft, kann aber den Verursacher nirgends entdecken. Die Palme, wenn es denn eine ist, steht nur so da und tut nichts. Selbst die feingliedrigen Blätter, oder nennt man es Zweige, rühren sich nicht, als könnten sie dem Wind widerstehen. Schatten spenden sie nicht wirklich. Ich begebe mich in den dürftigen Schatten des Stammes und lehne mich an, schließe die Augen und höre die einsilbige Melodie von Wasser und Sand. Das leise Pfeifen des Windes in den Blättern, die sich nicht bewegen. Werde reduziert auf den Geschmack von Salz, den Geruch von Harz, das Brennen der Sonnenstrahlen auf der Haut und das Wegsinken der nackten Füße im Sand. Selbst meine Fußspuren sind mittlerweile verschwunden, von den Wellen weggewischt, vom Wind zugeweht. Niemand wird mich entdecken, wenn ich mich nicht wegbewege. Als wolle jemand ausrufen:«Es ist niemand da».

Menschen, die in ihrem Leben einen Fußabdruck hinterlassen wollen sind hier fehl am Platz. Menschen, die andere beeindrucken wollen auch. Ich sage mir, Menschen sind hier generell obsolet. Und frage mich sofort, woher ich das Wort kenne und wann ich es zuletzt benutzte. Eine ganze Menge Fragen drängen sich auf, wirbeln zu einem dicken Knoten zusammen, dessen Enden nirgends zu entdecken sind. Wie viele Sandkörner lassen diese Insel eine Insel sein und wo kommen sie her?

Wer hat die Palme gepflanzt und warum? Oder wurde ein einsamer Sprössling von einem Sturm an Land geworfen und klammerte sich hier fest?

Ich versuche, mich auf wesentliche Fragen zu konzentrieren, finde aber nur eine.

Worin liegt der tiefere Sinn, an eine Palme gelehnt aufs endlose Meer zu blicken?

Auch nicht viel besser. Mir scheint, nicht nur die Landschaft ist reduziert, mittlerweile bin ich es auch. Was schon wieder einen Sinn ergibt, nämlich sich die Zeit nehmen zu können, sich etwas bedeutsames zu fragen. Zeit ist ja genug vorhanden, wie ich glaube.

Es sei denn, eine riesige Welle würde donnernd heranrollen und mich fortreißen. Aber ich höre und sehe nichts dergleichen. Stelle mit Besorgnis fest, dass der Gedanke mich nicht einmal beunruhigt hat. Selbst das scheint es hier nicht zu geben, keine Unruhe oder Angst, keine Selbstzweifel oder ... Eigentlich spüre ich nicht einmal mehr den Durst, oder das Verlangen zurück zum Meer zu wanken und mich ins kühle Nass zu legen.

Hier steht es sich einfach gut.

Bis dann irgendwann die Kräfte nicht mehr reichen werden, um aufrecht zu stehen. Es wird ein seufzendes Niedersinken auf die Knie sich anschließen, gefolgt von einem behutsamen seitlichen Aufschlagen auf dem nachgebenden Sandboden. Vielleicht sogar ein Einsinken in den weichen Sand, zugeweht werden, bedeckt von Milliarden feiner Körner, die in alles eindringen und alles zu einem einzigen Klumpen verbinden. Staub wirst du werden.

Ich liege wieder auf der Seite und spüre Sand im Mund.

Denke bei mir, »im Aufzug war es besser«, sehe kleine schwarze Punkte über den Strand auf mich zu fliegen, die alles auf einmal mit einer wohltuenden Schwärze von mir wegnehmen, als hätte es nie etwas gegeben, als wäre nie etwas geschehen.

Dschungelfieber

Wasser. Brackiges, stinkendes Wasser. Und ich liege mitten drin.

Ich erinnere mich nicht mehr, wieder im Aufzug gewesen zu sein. Das Bild von einer einsamen Palme scheint aus einem anderen Leben zu stammen. Mein Durst mag noch so groß gewesen sein, dieses Wasser hier werde ich nicht trinken.

Ein feuchter Klumpen modriger Blätter in meiner geballten Faust, die Knie im Matsch einsinkend, Lichtflimmern vor den Augen und Geschrei, jede Menge Urlaute, Gezeter, Gerufe, ein Höllenlärm, von überall her.

Wenn meine Hände nicht voll von Dreck und Schlamm wären, verschmiert mit braun grüner Paste aus Fäulnis und Verwesung, ich würde mir die Ohren zu halten können. Ins Halbdunkel der Farnblätter und Lianenbündel brechen einzelne Lichtstrahlen, schaffen flimmernde Bewegungen. Dunkle Pilze, auf einem umgestürzten Baumriesen sitzend, schauen mich besorgt an, als wollten sie sagen:«Was will der denn hier». Ich erinnere mich an Sandkörner, Milliarden von Sandkörnern, jedes für sich allein zwar einzigartig, aber ohne Bedeutung. Nur als winziger Bestandteil eines wunderschönen Strandes wahrgenommen. Sehe hier Milliarden von grünen und braunen Blättern aller Formen. Feingliedrig im leichten Windhauch zitternd, obwohl ich glaube, keinen Luftzug spüren zu können, breit, dick und träge, als hätte sie jemand aus Leder gefertigt und mühsam an die Äste geklebt. Eines der Blätterwesen huscht davon, springt in den dunklen Hintergrund, mit dem es verschmilzt. Hier bin ich nicht allein. Es wispert und flüstert, schreit und kräht, wird von einem mächtigen Brüllen zum Schweigen gebracht.

Ich knie hier im Dreck und frage mich, was das alles soll.

Erlebnischaos, Überreizung, surrealistischer Traum?

Aber alles um mich herum ist echt und nass und klamm und feucht. Ich höre, wie von Ferne heranbrausend, ein immer unüberhörbareres Rauschen, das jetzt, über mir angekommen, zu einem klatschend Inferno anschwillt, alle anderen Geräusche auslöscht und mich mit Milliarden von Wassertropfen bedeckt. Sanfte, von Zweigen und Blättern entschleunigt, harte und peinigende, die durch die winzigen Lücken im Blätterwald auf mich herabgeschossen werden. Der Waldboden, vorher schon amorph und geheimnisvoll, mutiert zum kleinen See, in dem alles zu schwimmen beginnt. Ich schließe mich einigen vorbeitreibenden Zweigen an, drifte weg von dem Baumstamm mit den Pilzen, werde durch eine größere Welle beschleunigt, pralle gegen etwas stumpfes und hartes und klammere mich daran fest. Rutsche aber wieder ab und werde verdreht untergetaucht. Sehe nichts, aber schmecke traniges Wasser. Meine Augen sind weit geöffnet, nehmen aber nur dunkle Schlieren war, während gleichzeitig meine rechte Schulter emporgehoben wird, meinen Kopf über Wasser hält und mich Luft holen lässt. Feuchte, schwüle Luft, mit feinen, erfrischendenden Lichtstreifen durchsetzt. Glaube neben mir eine Bewegung wahrzunehmen, denke erschrocken an Alligatoren und Schlangen und versuche beiseite zu schwimmen. Fasse mit beiden Füßen Grund und will mich aufrichten, werde aber mit Zweigen, Blättern und braunen Wasserwogen zwischen zwei Felsen hindurchgedrückt. Denke noch: »Scheiße«, und falle, hole tief Luft, verschlucke mich und schlage hustend auf eine Wasseroberfläche auf. Seitlich und schmerzend, gehe aber nicht unter und krabble auf Händen und Knien davon. Schmecke Gras, sehe einen Ast direkt vor mir, greife zu, er reißt mir die Handflächen auf, was ich ignoriere.

So müssen sich die ersten Wasserbewohner gefühlt haben, als sie beschlossen, an Land zu gehen. Hustend und verkrampft, in ungewohnter Haltung, den Bauch über Gras oder Matsch schleifend, endlich angekommen, sich prüfend umsehend. Wenn sie Glück hatten, so alleine, wie ich jetzt.

Der Regen fällt weiter gnadenlos auf mich herab, senkrecht in Wasserstangen, schwemmt mich aber nicht mehr weg. Durch das Gitter der Wasserstrahlen meine ich, den Waldrand sehen zu können, der mich kreisförmig umgibt. Wie eine grüne, dunkle Wand ragt er schemenhaft auf, verstärkt den Eindruck, verlassen und allein mitten auf der Graslichtung zu sitzen. Zum Glück allein. Wer weiß, was alles hinter dem grünen Wall verborgen ist und mich gierig beäugt. Milliarden von Insekten, stechend und saugend, giftige Käfer und Schlangen, möglicherweise sogar Ureinwohner, die ...

Aber wer ist schon wo Ureinwohner?

Das Bild von Blasrohrpfeilen verschießenden, angemalten Gestalten, die durch die Wildnis huschen, um sofort danach wieder mit ihr zu verschmelzen, prägt sich unauslöschbar ein. Ich schließe einfach die Augen, die in dem Regenschwall sowieso nichts sehen, kann das prasselnde Dauerfeuergeräusch der Regentropfen aber nicht beiseite wischen. Spüre die Nadelstiche auf meinen nackten Armen und meinem unbedeckten Kopf. Kann nichts tun, als hier sitzen und abwarten.

Warten worauf?

Dass es zu regnen aufhört, ich in das nächste Universum geworfen werde, oder einfach nur aufwache, aus einem allzu realistischen Traum?

Der Regen hört abrupt auf, wie von einer riesigen Schere durchschnitten.

Um mich herum beginnt es zu dampfen, ich spüre die Kraft der Sonne ungefiltert auf meiner nassen Haut, sehe den Nebelschwaden nach, die über die Wiese in den Waldsaum hineinziehen, als würden sie von dort angesaugt. Es ist merkwürdig Still. Nach dem Trommelfeuer der Regentropfen spüre ich nur einen leichten Luftzug und höre sich entfernendes Rascheln in den Blättern, das sich von mir wegbewegt und schließlich verstummt. Als hätte der Regenschauer wie ein gewaltiges Deo gewirkt, nehme ich frisches Grün wahr, saftig, fast minzig. Neben mir krabbelt ein schwarzer, dicker Käfer davon, als hätte er Angst, von mir zertreten zu werden. Eine berechtigte Furcht, wie ich ihm zugestehen muss. Aber ich bin ja barfuß und hätte mir das wohl überlegt. Was er nicht ahnen kann. Ich schaue mich sorgsam um, untersuche meinen Sitzort auf weitere Käfer, Würmer oder anderes Getier, kann aber nichts verdächtiges entdecken und bleibe einfach sitzen und lasse mich von den Sonnenstrahlen trocknen.

Muss witzig aussehen: Ein einsamer Mensch, nur halb angezogen, klatschnass, der unbewegt, wie meditierend, mitten auf der Lichtung sitzt und sich von der Sonne bescheinen lässt. Nur, dass der das selbst keineswegs witzig findet, wie alles, was geschah.

Bevor ich mir überlegen kann, wie ich reagieren will, sehe ich den Waldwall zurückweichen, als würde ein riesiger Kulissenschieber seine reguläre Tätigkeit beginnen. Das Gras wird ausgewischt und macht einem grauen, silbrigem Boden Platz. Dort, wo eben noch Wald war, breitet sich jetzt endloser Horizont aus.

Und ich sitze nicht mehr im Gras. Ohne es mich spüren zu lassen, hat man mich auf ein rotes Sofas gesetzt, mitten auf die unendliche silberne und leere Scheibe, die mich nun umgibt.

Jeder lebt in seiner eigenen Welt

Ein wenig unbedacht spreche ich laut aus, was ich denke:« Was soll das alles?« Und rechne natürlich nicht mit einer Antwort, die aber prompt erfolgt.

»Das bleibt dir selbst überlassen.« Eine ruhige, ein wenig belustigt klingende und sanfte Stimme. Akustisch unmöglich, da ich wirklich nicht das winzigste Geräusch wahrnehme.

Mein überraschtes »Hallo« danach verklingt scheinbar ungehört, auf jeden Fall aber unbeantwortet. Das hat mir gerade noch gefehlt, jemand, der in meinen Kopf hinein mit mir spricht. Ich beginne mir schnell Fragen zu überlegen, verwerfe die meisten sofort wieder und klammere mich an die letzte, die mir einfällt.

»Wer bist Du?«

Kaum ausgesprochen, merke ich, wie idiotisch das klingt. Und es erfolgt wieder keine Antwort. Mag sein, dass an diesem Ort nur wichtige Fragen beantwortet werden. Essentielle Fragen eben.

Bevor ich mir aber eine solche ausdenken und laut aussprechen kann, beginnt die Stimme unvermutet zu reden, mitten hinein in meinen leeren Kopf.

»Ehe wir eine unsinnige Diskussion beginnen, die nur zum Inhalt hat herauszufinden, wer ich per Definition bin, legen wir doch einfach sicherheitshalber fest: Ich bin die Stimme deines Unterbewusstseins.

Das stimmt so natürlich nicht, aber wir wollen es der Einfachheit halber so annehmen um nicht einen obsoleten Diskurs beginnen zu müssen.«

Ich denke mir: ›so ein arroganter Arsch hat mir gerade noch gefehlt.‹

»Ich bin also, wenn du so willst, die Stimme des Entscheiders.«

Täusche ich mich, oder klingt das herablassend und amüsiert zugleich? Ich rutsche auf dem Sofa hin und her, spüre das kalte und glatte Leder an meinen nackten Beinen und beginne prompt zu frieren.

»Bevor du zu einer Entscheidung kommen

kannst, liefere ich dir die Argumente dafür, wie ich längst entschieden habe. Dann lasse ich dir ein wenig Zeit, damit du selbst bei dem Gedanken angelangen kannst, aufgrund der Argumente selber entschieden zu haben. Du siehst, eigentlich ist es recht einfach. Alle mir zugeleiteten Informationen, die du fühlst, riechst und schmeckts und natürlich alle, die du hörst und siehst, werden von mir zu einem einheitlichen Ganzen zusammengesetzt, das dir vorgibt, wie die Welt um dich herum wirklich ist. Man könnte auch sagen, ich bin der Entscheider über deine Wirklichkeit.«

Ja, genau, darum sitze ich hier auf einem roten Ledersofa auf einer endlosen, leeren Scheibe. Ich glaube, das hatten wir schon einmal: Die Welt ist eine Scheibe.

»Man könnte auch sagen: Jeder lebt in seiner eigenen Welt, die ihm sein Unterbewusstsein vorgibt.«

Der Kerl achtet nicht einmal auf meine Gedanken, sondern labert einfach gelehrt weiter.

»Die Art und Weise, wie du handelst und mit anderen kommunizierst, wird in der Regel von meinen Entscheidungen vorbestimmt. Der Handlungsspielraum, den ich dir zugestehe, lässt allerdings kreative Abweichungen zu. Nicht alle meine Analogien zu deinen Wahrnehmungen und Vergleiche mit dem bisher Geschehenen, die dein zukünftiges Handeln bestimmen, führen notwendigerweise zu ein und demselben Ergebnis. Du genießt die Freiheit, dagegen zu verstoßen, gewissermaßen gegen die Regeln zu handeln. Allerdings, und das muss ich mit aller Deutlichkeit sagen, nutzt du diesen Freiraum erschreckend kläglich aus.«

Jetzt klingt der Kerl nicht nur belehrend, sondern obendrein noch ärgerlich, was mich zu der Replik veranlasst:« Selbstgefälliges, überhebliches Miststück.« Ich wollte es erst drastischer formulieren, habe aber mit Blick auf die Situation, in der ich mich befinde, die abgeschwächte Version benutzt, was ich sofort wieder bedauere.

Immerhin habe ich ihn damit zum Schweigen gebracht.

Kein Geräusch, nicht der geringste Luftzug, kein Dröhnen im Kopf, einfach nur exegetische

Stille. Wie um alles in der Welt komme ich zu dieser Formulierung: Exegetische Stille? Irgendetwas mit Bibel und Auslegung oder Interpretation, wie mir einfällt, oder wie er mich entscheiden lässt?

Gute Güte, jetzt fange ich aber wirklich an zu spinnen, was nicht verwunderlich ist, in dieser Welt, in die ich durch diesen bescheuerten Aufzug hineingelangt bin. Was, wenn er mich nicht dazu gebracht hätte, einzusteigen? Wenn ich einfach weitergegangen wäre und einen anderen Aufzug benutzt hätte. Was mich wieder zu der Frage bringt, was ich eigentlich mit dem Aufzug wollte. Nein, wohin ich mit dem Aufzug wollte, müsste es heißen. Dummerweise erinnere ich mich aber nicht mehr.

Ich stehe von dem Sofa aus und bewege mich ein paar Schritte vorwärts, ein wenig schwankend, denn der Boden unter mir gibt nach, scheint elastisch zu sein. Das erinnert mich an die Bilder einer Fernsehsendung, in der ein etwas überspannter und wirrer Vortrag über den Zusammenhang von Gravitation und Zeit und Raum dadurch anschaulicher gemacht werden sollte, dass irgendein junger Kerl lächelnd eine Stahlkugel über ein Tuch rollte und das Einsinken der Kugel in die entstandene Vertiefung als Analogie benutze zu ...

Ja zu was eigentlich? Ich glaube, mir fehlt auch heute noch die Anschauung dazu.

Fakt ist, dass ich, wenn ich stehenbleibe und mich nicht fortbewege, tiefer in den Boden einsinke. Also gehe ich weiter, ohne Ziel vor Augen und damit eigentlich in keine Richtung. Immerhin sinke ich jetzt nicht mehr ein.

»Man könnte auch sagen, ich bewege mich durch Raum und Zeit auf Gravitationskurven!« Lachend schreie ich das hinaus in die leere Welt, die nicht mal ein Echo zurückwirft. Was sie auch nicht kann, da es nichts gibt, das meinen hysterischen Schrei zurückwerfen könnte. Mein Ärger ist dadurch nicht besänftigt worden und ich beschließe spontan stehen zu bleiben und mich in den Boden einsinken zu lassen. Mein Blick geht hinunter zu meinen nackten Knöcheln, die kaum noch zu sehen sind, die Füße sind schon irgendwie unter dem silbernen Boden verschwunden, als wären sie einfach aufgelöst worden, obwohl ich immer noch Boden unter den Fußsohlen spüre. Als auch meine Knie verschwinden, beginne ich mir doch schon Sorgen zu machen, aber offensichtlich auch schon zu spät, denn das Einsinken beginnt Fahrt auf zu nehmen. Jetzt sind schon Hüfte und Hände weg, gefolgt von Ellenbogen und der Hälfte des T-Shirts. Als der Boden auf Höhe des Kinns angelangt ist, spüre ich Panik hochkommen, überkommt mich die Vision eines in meinen Mund fließenden silbernen Bodens, der mich erstickt und ich rudere mit den Armen verzweifelt in dem mich umgebenden zähen Brei.

Was zunächst zu nichts führt, außer, dass ich enorm um Atem ringen muss wegen der immensen Anstrengung. Bis der Boden, der jetzt in Augenhöhe durchsichtig wird, mich mit einem lauten ›Plopp‹ fallen läßt.

Und ich denke nur: ›Ach du Scheiße. Vielleicht wäre es besser gewesen, weiterzugehen.‹

Nichts

Ich sehe nichts, gar nichts. Mit weit aufgerissenen Augen, deren Anblick wohl jeden zurückschrecken ließen, sehe ich nur das, was jeder sehen kann, wenn auch nichts da ist, was man sehen könnte. Farbloses Nichts, ohne Licht und Schatten, ohne Konturen und erst recht keine Farben.

Ich hätte erwartet, zumindest Schwarz sehen zu können, aber nicht einmal das ist mir vergönnt. Wenn ich die Augen schließe und dann wieder öffne, ändert sich auch nichts.

Was für ein Wort, dessen wahre Bedeutung mir eben jetzt klarer wird.

Ich versuche, an meinem Arm zu riechen, hebe ihn an und führe ihn in Richtung Nase, finde sie jedoch nicht da, wo ich sie vermutet hätte. Meine andere Hand greift zögernd durch den Arm hindurch, als hätte es ihn nie gegeben.

Dachte ich schon, dass ich auch nichts höre, nicht einmal mein heftiges Atmen?

Ich sitze nicht und stehe auch nicht, selbst Schweben kann ich nicht als Zustand zuordnen. Eigentlich fühle ich wirklich, ich will es nicht schon wieder anmerken, aber es ist so, einfach nichts. Mit der Hand über den Kopf streichen, sich mit der flachen Hand auf den Bauch schlagen, ein Bein anwinkeln und mit der Ferse in den Hintern treten, nichts gelingt. Obwohl ich mir vornehme, mich jetzt vorzubeugen, danach in die Knie zu sinken, mich flach, ja wohin und auf was eigentlich, zu legen, jeder Versuch misslingt. Irgendwo in meinem Kopf, der möglicherweise gar nicht mehr existiert, bewegt sich noch etwas. Der jetzt nüchtern, aber rettend klingende Gedanke: ›Ich denke, also bin ich.‹

So hatte ich mir das nicht vorgestellt, als ich diesen Satz zum ersten mal hörte.

Hören, riechen, tasten, sehen und schmecken, Begriffe aus einer fernen, vergangenen Zeit. Ich kann mich daran erinnern, dass ich dieses Rüstzeug beherrschte, wie selbstverständlich und kaum wahrgenommen. Ich erinnere mich auch noch an einen zweiten Satz aus dem

Philosophieunterricht, der mich beeindruckte: ›Der Mensch ist das Maß aller Dinge, der Seienden, dass sie sind, der nicht Seienden, dass sie nicht sind.‹

Was gäbe ich jetzt darum, ihn befolgen zu können.

Irgendjemand hat mir vor nicht allzu langer Zeit gesagt, er stelle für mich aufgrund meiner Wahrnehmungen meine Welt dar. Was er wohl schlecht kann, wenn ich nichts wahrnehme.

Mittlerweile beginne ich dieses Wort zu hassen.

Nichts.

Wenn ich es jetzt aussprechen könnte, hinausrufen in die Leere, es würde verschwinden, als hätte ich es nie ausgesprochen. Aber, wie schon gedacht, auch das gelingt mir nicht.

Irgendwie fühle ich mich, als wäre ich bei mir selbst angekommen, reduziert auf meine Gedanken, die offensichtlich auch ohne Körper funktionieren. Oder sollte ich besser denken, die auch, ohne den eigenen Körper wahrzunehmen, funktionieren?

Was soll ich damit anfangen, nur denken zu

können?

Nichts?

Irgendetwas muss man doch damit anfangen können, wenn man in der Lage ist nachzudenken. Und wenn es das Einzige ist, über sich selbst nachzudenken. Wer bin ich, was will ich, wie sieht meine Welt aus?

Vom Nachgeben einer inneren Stimme

Unkonzentriert, mag sein. Mit den Gedanken irgendwo unterwegs. Dabei mit Freude zur Kenntnis nehmend, dass in diesen Fahrstuhl kein Verschwitzter außer mir einsteigen wird. Heraus aus der schwülen Spätsommer Hitze, die bis in die große Halle vordringt und sich dort ohne einen einzigen Windhauch wie ein nasswarmes Tuch über alles ausbreitet, mit einem schnellen und entschlossenen Schritt gleich hinein in das kühle Metallgefährt. Wirklich allein und geruchsbefreit, bevor die Tür sich dann hinter mir mit einem leisen Surren schließen kann. Aber einen kurzen Moment lang stockt mein Schritt, etwas lenkt mich ab, vielleicht mein Spiegelbild an der Rückwand des Aufzugs? Die Kühle, die mir aus dem silbernen Gehäuse entgegensteht?

Bevor ich mir sicher bin, schließt sich die Tür vor meinen Augen.

Merkwürdigerweise bedauere ich das nicht

einmal. Normalerweise hätte ich mich jetzt geärgert. Ich verpasse nie etwas gern. Schon gar nicht im letzten Moment. Mehrfaches hektisches Drücken auf den Pfeilschalter bringt den Aufzug auch nicht zurück. Wobei ich zugeben muss, dass dies nur eine willkürliche Reaktion ist. Wirklich zurückhaben will ich den Aufzug nicht und schon gar nicht für mich ganz allein. Und jetzt ist er weg, ohne mich mitzunehmen, leer und nutzlos. Was macht ein leerer Aufzug, der irgendwohin fährt auch schon für einen Sinn?

Aber es macht eigentlich genauso wenig Sinn, zu einem Gespräch zu fahren, dass man eigentlich nicht führen möchte. Von dem man nur glaubt, dass es die anderen von einem erwarten, es zu führen. Oder von dem man glaubt, dass die anderen glauben, dass man es führen sollte.

Irgendwie verwirrend und unwirklich.

Bei aller Kompromissbereitschaft bin ich jetzt froh darüber, den Aufzug und den Anlass ihn zu benutzen, verpasst zu haben.

Irgendwie befreiend, wenn auch leicht schuldbewusst, was sich aber verdrängen lässt.

Ich frage mich, was sich geändert hätte, wenn ich nicht beschlossen hätte, den Aufzug zu benutzen und statt dessen die Treppen hinaufgestiegen wäre, suche aber nicht weiter nach einer vernünftigen Antwort. Drehe mich herum und schaue auf die Menschenmenge, die eben noch hinter mir, durch die Bahnhofshalle strömt. Ernste und angestrengt wirkende Gesichter, hinter Smartphons und Zugplänen verborgen, zur Seite gedreht, dem schwätzenden Nachbarn scheinbar widerspruchslos zuhörend. Schnellen Schrittes den laut klappernden Rollkoffer hektisch hinter sich her wuchtend.

Automatenkinder auf dem Weg zur Bestimmung.

Die Szenerie könnte aus einem surrealistischen Science Fiction Film stammen. Wirkt ganz so, als würden sie alle ferngesteuert. Fernbestimmt von Jobanforderungen, Zeitplänen und Marketingversprechen. Was um alles in der Welt treibt die da alle an?

Es ist immer noch schwül warm hier

drinnen und ich beschließe, aus dem Dufttunnel auszubrechen, nicht mit der nächsten Straßenbahn wegzufahren, sondern zu Fuß und gemächlichen Schrittes dem Gewitter entgegenzugehen, das in Kürze kommen muss.

Ein kalter Regenguss, auch wenn ich dabei klatsch nass werde, würde mir jetzt guttun, nachdem ich dem schwülen Bahnhofs-Dschungel entronnen bin. Und irgendwie ist mir auch nach einer winzigen, einsamen Insel, ohne Menschen und Stimmengewirr, auf der ich zu mir selbst finden könnte.

Klingt verrückt, ist aber so.

Der Autor und seine weiteren Veröffentlichungen

Matthias Houben, Jahrgang 1951, nach dem Studium von Germanistik, Philosophie und Informationswissenschaften in unterschiedlichen Berufen unterwegs.

Lebt in Ostfriesland und schreibt Geschichten, Stories und Erzählungen.

Betrachtet sich selbst als Geschichtenerzähler.

Nach Erstveröffentlichungen unter seinem Geburtsnamen Matthias Schneider, weitere Veröffentlichungen unter dem Pseudonym Matthias Houben.

Autoren-Webseite: *http://www.litbit.de*

Bisher veröffentlicht in Anthologien:

Matthias Schneider, Gesegelt werden
in: Anders reisen grenzenlos: Seewärts. Geschichten von Wind, Sand und Meer. Hrsg. Niko Hansen Rowohlt 1983

Matthias Houben, Häringsblut und Gottesurteil
in: aufgebockt und abgemurkst Hrsg. Regine Kölpin KBV 2012

Matthias Houben, Der Prerow Effekt
in: Muscheln, Möwen, Morde Hrsg. Regine Kölpin KBV 2012

Matthias Houben, the same procedure
in: chillen, killen, campen Hrsg. Regine Kölpin KBV 2015

Matthias Houben, Der Mann, der zu den Engländern geschickt wurde und Braunes Salz und rotes Blut
in: Möwenschrei und Meuchelmorde Hrsg. Regine Kölpin Wellhöfer 2015

Matthias Houben, Das Verschwinden eines Freundes nach dem Verzehr von Ostfreeske Krabbenkoken
in: Grünkohl, Mord und Pinkel Hrsg. Regine Kölpin Wellhöfer 2016

Matthias Houben, Usedomer Fischtöften und seine Nachwirkungen
in: Mecklenburger Schweinerippe(r) Hrsg. Regine Kölpin Wellhöfer 2016

Romane und Erzählungen:

Matthias Schneider, Unterwegs, Stories und Geschichten

Geschichten und Stories von Menschen, die unterwegs zu sich selbst oder anderen gewählten wie zufälligen Zielen sind.
ISBN 978-3842349650
EAN:9783844874877

Matthias Houben, Experten
Ein Kurzroman

Ein meisterlicher, wie in Trance erzählter Kurzroman, ein Anti-Krimi mitten in Sonne, Sand und Salz auf der Haut, der sich jedweder Zuordnung entzieht und die Leserschaft in unbekannte Denkwelten entführt.

Epub 978-3-95865-153-1
Mobi 978-3-95865-154-8
ISBN 978-3-7347-5427-2

Matthias Houben, Begegnungen,
Drei Kurzgeschichten von merkwürdigen Begegnungen
Nur ausgedacht, aber irgendwie auch möglich.
ASIN B008XYKFKU

Matthias Houben, BrainCloud,
Ein futuresker Kurzroman als eBook
Ein Trip zwischen virtueller Welt und und möglichen Parallwelten.
ASIN: B00KEKRSYC
EAN 9783847689737

Matthias Houben, Kurioversum Stories,
Kurzgeschichten von Erinnerungen und Einbildungen

Neun Kurzgeschichten von Begegnungen und Besuchen, mal magisch mythisch, respektlos ironisch, mal nachdenklich anders.

ISBN 978-3-7347-4735-9
EAN 9783736844056

Matthias Houben, Zwischenstopp in Istanbul und Blick auf Kappadokien

Impressionen einer Reise, die über Istanbul nach Kappadokien führte. Mit einigen Fotos, welche die Erinnerung immer wieder auffrischen.

EAN 9783734777615
ASIN: B00V3IABHU

Matthias Houben, Die Pfade der Ikosataikon

Die Erlebnisse der jungen Pilotin Tam, die mit ihrem Partner Gal, einem Brother of Experts, auf der Suche nach der Menschheit durchs Universum reist. Eine magisch mythische Traumreise, den Lichtpfaden der Ikosataikon folgend, die ihr Weltbild vollkommen auf den Kopfstellt.

EAN 9783738640489
ASIN: B014UX1AXI